句集

風に吹かれて

一
寛

文學の森

句集　風に吹かれて

装丁　クリエイティブ・コンセプト

句集　風に吹かれて

柳田　寛

文學の森文庫

春

滴りの音が音追ふ雪解かな

金網に和毛ふるへる雪解風

雪解風夜は星研ぐ風となり

桃咲いて万年筆のすべりよく

春光やカナリアこゑを溢れしむ

田に誰もまだ出てをらず花辛夷

青空に冷えのつのりて花辛夷

鶯のこゑのとび入り初講義

身の丈の日差し大事にクロッカス

連翹や朝の挨拶歯切れよく

よその子に花の名問はれあたたかし

天地の夕日の色に蕗の薹

風になほ寒さ残りて苗木市

一斉に回るほかなし風車

春の雷なにか忘れし心地して
サイレンの消ゆるに長し春の昼

繰るごとに古書の香のたつ春の雨

沈丁の闇を分けゐる匂ひかな

つくだにと太きくづし字沈丁花

振り向けば教へ子の声春の風

初燕大きな靴が玄関に

講義より余談のふえて初燕

春耕の土しづかなる息遣ひ

土かけて声かけて踏む植樹祭

揚雲雀声に微塵の光あり

春夕べ砂場に砂の山残り

畑を打つ雪嶺に身を起こしては
糸柳風の起伏をとらへけり

海鳴りを聞いて育ちぬ松の芯

風を読む眼鋭く鷹巣立つ

雪の面に風紋残り二月尽

流氷原犇めく墓のしづけさに

流氷の闇の奥より風婆裟と
星空へ流氷軋む音放つ

海明けのオホーツクブルー眩しめり

斑雪嶺や子らの声去る兎小屋

風の声ささやくごとく木の根開く

呼ぶ声に声を返して蕨狩

啓蟄や杖になじめぬ旧軍人

青空へ卒業の鬨ラグビー部

雪解野に畦の十字の浮かびけり

残雪の色よりぬけて鴉翔つ

下萌や鉄骨高く積まれゆく

ものの芽の天指すことのほか知らず

春一番夜は松籟の極まりて
相寄りてそれぞれ一人静かな

さざなみに跳ぬる日差しや葦の角

花びらに花びらの影白木蓮

はくれんやさざ波なせる朝の雲

波音のここまでは来ず揚雲雀

残り鴨淋しくなれば羽ばたきて

妻納骨

花の雨真白き骨を地に還し

夜桜やほどよく冷えし吟醸酒

ぐい呑みは白の萩焼夕桜

花疲れインクの瓶の青清し

アネモネやひとりに戻る講義あと

鳥雲にひとつ加はる我が齢

またひとつ消ゆる古書店鳥曇

子の靴の大きく見ゆる初出社

キャンパスにジャズの響けり草若葉

あんパンに小さき臍あり啄木忌

弥生尽釘一本を打ち損ね

花林檎夕風のやや冷えて来し

理容師の鋏賑やか水温む

雪間草こめかみに陽のあつまりて

稿継ぐやひとりの夜の遠蛙

風呂敷に包む菓子折春の風

リラの香の夜風やはらかサキソホン

たんぽぽの絮を子が吹き風が吹き

還暦の夕べいつもの目刺焼く

白雲の夜を急げる涅槃かな

省みる己が半生亀鳴けり

しばらくは灯さずにゐる春の宵

夏

放流の稚魚のきらめき聖五月

白きもの真白く干され風五月

陽の粒を弾きかへしてさくらんぼ

紅花の咲けばきれいに摘まれけり

月下美人咲ききつてなほ恥ぢらへり

新緑や水揉みあひて渓下る

新緑に眼休めてゴッホ展

走り梅雨読みさしの本棚に増え

朝の日に洗ひたてなる杏の実

麦秋や中天に日のかくれなし

自画像のなべて憂き顔麦の秋

一心に草取る妻に癌育つ

堰落つる水きらきらと更衣

遠き樹の呼びかけてくる更衣

曇天の水面ゆるまぬ代田かな

マーガレット幌かけて過ぐ乳母車

緑蔭や我に蹤きさし影も入れ

緑蔭や文庫に親し栞紐

六月の空をひつぱるアドバルーン

頼政忌牛の咀嚼の長々と

炎天や貨車に繋がる貨車の音

炎天の牧草ロール影もたず

炎昼の電車軋みて発ちにけり

黒板に初蟬と書き口噤む

山並のけぶりてをりぬかき氷

向日葵の日を悦ぶや耐へゐるや

病葉や今日の日記は白きまま

十薬や歌集夢見し母と住み

鉄風鈴吊るし南部の音を待つ

遠雷や箸立にまだ妻の箸

烈日を耐へぬきし草涼しけれ

峰雲や岬の先に岬また

青空の雲は動かずソーダ水

万緑や一気に終る連太鼓

山並の奥に山並夏深し

滝壺を出てより水のあたらしく

緋牡丹の緋のまだ燃ゆる夕鴉

をりをりの風が音消す遠花火

それとなく再婚問はる夕端居

一生を働く蟻の輝けり

片蔭や祈るかたちに杖握る

蟬時雨右脳左脳を麻痺させて

火蛾舞ふや爆音立ててオートバイ

挑みては灯に弾かるる火取虫

川風や茗荷の効きし冷奴

降り出して音なき雨や胡瓜もみ

花火果て闇の奥にも闇のあり

ビアグラス合はせる音や風渡る

カンパリ酒マチスの夏の海見たし

夕焼や岬をのぼる怒濤音

ラベンダー蜂の揺れては香をこぼし
郭公や畑より朝の菜を摘みて

古本に古本の香や鉄風鈴

濡縁に草の匂ひや月涼し

眠る子にとり置く夕餉月見草

カーテンの隙間逃さず大西日

一歩づつのぼるきざはし蟬時雨

薔薇園を巡りて薔薇に疲れをり

紫陽花や雲押しあひて移り行く

石狩の風が風追ふ大夏野

玫瑰に佇てば潮騒自ら

もう鳴らぬ霧笛の町や昆布干

綿菓子に顔のかくるる浴衣の子

女郎蜘蛛殺めしあとの息乱れ

一望の窓を大きく夏の鳶

風入れて書斎野のごと夏の雲

出目金の睨みをきかす目と合ひぬ

はにかんで笑ふ卒寿の日焼顔

麦刈つて黄金の大地残りけり

流木に夕日見送る晩夏かな

魁《かい》皇《おう》を労ふビール一人酌み

馬鈴薯の花遠山は雲を被て

紫陽花の朽ちゆくばかり日の重し

紙魚を飼ふことも許して子規句集

白樺に細き雨脚夕爾の忌
秋近しポプラ風抱き風と揺れ

曲がりなばちちはは消えむ夜の秋

秋

きのふより雲の真白に秋立てり

盆過ぎの刻かけて拭く妻の墓

秋風や忘るるために海見つめ

吹き抜ける風コスモスの色攪ふ

逆光の西瓜を下げて父来たる

休暇果つ講義ノートの古りにけり

石庭の石に座れば秋意さす

裏山の風はこびくる踊唄

生き方に父は触れざり敗戦忌

ひととせを山の守りし墓洗ふ

閉づるにはまだ日に力白木槿

秋風や磧は石の墓所めける

石蔵に雨の染み入る赤のまま
母のなき子が米磨げば小鳥来る

ほほづきに夕日は色を尽しをり

ラジオより農村便り昼の虫

鰯雲オールのしぶき揃ひゆく

鰯雲永らく母を訪はずをり

海に入る夕日見送るゑのこぐさ

秋燕通勤鞄古りにけり

オーデコロン胸に叩いて秋高し

秋茄子の日を蔵したる紺の艶

コスモスの彩流れ出す雨の窓

旅の荷をひろげて昼のつづれさせ

もう風に光らぬポプラ九月尽

山並の三重に二重に実玫瑰

車椅子の父の軽さや鳥渡る

臥すだけの父となりけり昼の虫

桔梗に見えて音なき雨の糸

桔梗や語尾やはらかき京言葉

邯鄲や闇こまやかに震はせて

夜半覚めて邯鄲に息整ふる

山々の月の明るき峠かな

山々の息を深めて良夜かな

月光の帯に網引く漁り舟

秋高し藍を溶きたるオホーツク

空港を出でて親しきななかまど

蕊と蕊からめて燃ゆる曼珠沙華

崩れゆく波白々と秋高し

砂に寝て波の音聴く秋日和

樹間へと翅水平に鬼やんま

秋高し素十句集を野に開き

倒木の洞の大きく秋の風

秋雨や骨壺抱けば父温し

跳ねてよりきちきちばつた追廻す

伸びるだけ伸びしわが影赤とんぼ

一木の炎となりて蔦紅葉

秋冷やアトリエに満つ絵具の香

宿の下駄軽き音立て十三夜

靡くものなびきつかれて後の月

秋風や石ころひとつ拾ひ投げ

山萩や風が絡めば色零し

うたた寝の覚めて秋風にはかなり

妹よ来よ秋夕焼の消えぬうち

威銃振り向けばただ風の音

山の端に白妙の雲稲の秋

昼の日を乗せて憩へり稲刈機

影どれも同じに向きて藁ぼつち

けふよりは風の音聴く刈田かな

籾殻焼く煙田を越え田に消ゆる

ポケットに立子の句集大花野

孔子より老子親しき草の花

国の為死ぬ気などなし草の絮
秋草の丈を競はぬ寧けさよ

海に向く小さき墓や秋あかね

水音の澄みゆくばかり夕花野

芒原揺れては風を誘ひをり
手折りたる芒に風の名残かな

泡立草黄を尽したる浜の風

菊花展出で夕風の冷えまとふ

鯉跳ねし音の残りて秋の暮

飼犬にけものの匂ひ秋しぐれ

暮れてより一気に闇の芒原

山眺め雲を眺めて秋惜しむ

秋寂ぶと言ひて独りを諾へり

冬・新年

木々枯れて沼の大きく残りけり

紫陽花の枯れたる毬は風が撞く

綿虫を払へば日暮すぐそこに

干大根やせていよいよ褒めらるる

硝子窓つたふ雨粒一葉忌

木の葉散る失ふものの無きごとく

枯れきつて葦の明るき湖の風

海鳴りやひれ伏すばかり冬の草

枯野原一人の径は風を連れ
かばかりの風に音生む枯柏

骨董のなかに福助小六月

念願の古書の届きし小春かな

凩や湯気ごと食ぶる肉饅頭

風呂吹や一日止まぬ風の音

よるべなき一睡の果暮早し

マフラーを編む横顔の母似とも

枝々をなだめなだめて藪巻す

寒林や鷲の羽ばたく音残り

凩や一番星を吹き上げて

初雪の隠しきれざる草青し

石あれば石に身を切る冬の川

スチームの音かんかんと文学部

晩菊の雪をはらへば香の立ちて

白息の列に白息加はりぬ

裸木の一枝も力弛まざり
やはらかき光を溜めて冬木の芽

楡大樹ただ冬雲を行かしむる

お見舞ひの花選りをれば風花す

積もりたる雪に日暮の藍深く

抛りたる雪より朝日こぼれけり

吹雪熄む雪に残りし風の筋

雪原や手をつなぎあふ送電塔

流木の砂に食ひ込む冬の海

寒雷や闇の奥より濤生まれ

少年に遅れじと犬雪を漕ぐ

花舗に灯の点り華やぐ十二月

ジャズバーに吾が身を預く聖夜かな

ペン先に音の生まるる雪の夜

外套の疲れを壁にぶらさげる
枝々の雪の眩しき朝餉かな

雪晴やおほきくむける茹卵

思ひ出す顔みな若し賀状書く

寒風に唸る電線夜の港

鮟鱇の眼にのこる深き海

ユトリロの雪の絵掛けて冬籠

赤き実をついばむ鳥に雪降り来

山の端の木の一並び寒茜

白菊を選りて妻なき年惜しむ

末の子をやさしく叱る寒暮かな

寒昴雪踏む音の吾に蹤き

寒風の襤褸と見しは散る鴉

湯豆腐や途切れてはまた風の音

夕空に幕引くやうに冬の雲

雪の原暮色に雪を重ねゆく

雪を来て雪へと消えし夜の列車

湖凍てて山の骨格引き締り

寒月の飛び込んでくる自動ドア

寒星へもんどりうつて転びけり

ゲレンデのまたたき遠き手稲山

雪掻きを終へてまた雪日曜日

雪のなきひと日賜り星仰ぐ

薪ストーブ足より眠気始まりぬ

まづ頼む熱燗二本風の街

一人酌む酒に柳葉魚のほろ苦き

大袈裟なことはともかく日向ぼこ

消してより匂ふ蠟燭冬深し

図書館の灯の煌々と雪後かな

雪の街古きふらんす映画観て

街灯の遠くは低し冬の月

雪降れば雪の木となり暮れにけり

木の股のよべの雪ん子風さらふ

世に遅れゆくも寧けし冬菫

供華の水替へて元日過ぎゆけり

暁の山へこゑ張る初鴉

遠山のしづかに暮るる二日かな

跋

清水道子

柳田寛さんとの初めての出会いは、平成十年五月の「丹」創刊初の札幌句会のときである。その頃、寛さんは北海道医療大学でフランス語の教師をしておられた。その印象は、物静かな中にも洗練された風貌の人物とお見受けしたものである。

ところが、それ以前の平成元年の頃に、寛さんは金谷信夫主宰の「壺」に入って句作を始めていたようである。紋別の地から二年近く投句されており、当時私は「壺」同人だったので、寛さんとは誌上で出会っていたことになる。

　寛さんが俳句に入ることになったきっかけは、フランス文学を専攻する過程で、フランスの文学者であり思想家でもあるロラン・バルトの「テクスト」論を研究したことにあったようである。『表徴の帝国』という本において、言語表現としての俳句形式の本質に目を開かされた驚きが一因であったろうか。そして、三十代の時に金谷信夫先生に師事されたことはその後の寛さんの俳句にとって幸いしたといえよう。

「丹」に入会してからは、客観写生を基本に積極的に句作に取り組んでこられた。さりながら、平成十七年には、思うところあって退会し、他結社での武者修行に出られた。そして昨年「丹」に復帰して俳句をまとめ、今年の退職にあわせて句集を出したいとの申し出があり、大いに勧めたものである。

句集名は、学生運動がはなやかだった頃、何度も聴いたボブ・ディランの「風に吹かれて」を拝借したといういきさつはいかにも寛さんらしい選択と思う。この句集は季節別に分け、あわせて三百句を収めている。

寛さんは平成五年の春、石狩郡当別町にある東日本学園大学(現北海道医療大学)でフランス語の教鞭を執られ、自然豊かなキャンパスで文学研究の希望に燃えていたようである。

滴りの音が音追ふ雪解かな
鶯のこゑのとび入り初講義
桃咲いて万年筆のすべりよく

花びらに花びらの影白木蓮
春の雷なにか忘れし心地して
しばらくは灯さずにゐる春の宵

長い冬から解き放たれた春の喜びに満ちた句群が目にとびこんでくる。北海道の原野の雪解は壮大である。はじめの一滴の音から小さな流れとなり奔流となるまでを「音」をもって描写し、スメタナ作曲「モルダウ」の旋律を想像させるものがある。「桃咲いて」の句は、桃が咲く日には、書き物の筆も滑らかということであろうか。桃の花といい万年筆の青インクといい、色彩感覚に溢れ、推敲のあとを見せない仕上げが見事である。また、北国の五月の空に白木蓮の玲瓏で無垢な色を詠い上げ、重なり合う花影にひそむ春の愁いを詠みとる。後句では、春宵の言わん方ない叙情の膨らみが魅力でもある。

蟬時雨右脳左脳を麻痺させて
遠き樹の呼びかけてくる更衣
紙魚を飼ふことも許して子規句集
ビアグラス合はせる音や風渡る
カンパリ酒マチスの夏の海見たし
花火果て闇の奥にも闇のあり

夏の力強い句が並ぶ。更衣で白を着た時の、自然に呼ばれたような感覚は澄心の顕れとも。正岡子規は三十四歳で亡くなるまでに二万三千余の俳句を残したといわれる。そんな俳句の海のような句集のおおどかさが紙魚の存在までを許しているというユーモア。カンパリ酒は学生時代にパリで覚えた赤色のリキュールであろうか。マチスの描いた海とともにパリへの郷愁であり、作者の詩心をかきたてる源泉ともなっている。

一心に草取る妻に癌育つ
遠雷や箸立にまだ妻の箸
眠る子にとり置く夕餉月見草
母のなき子が米磨げば小鳥来る
曲がりなばちちはは消えむ夜の秋

寛さんは句会では自分のことは語らない。ご家族のことも、奥様がご病気だったことも俳句で後から知らされたという具合である。奥様への思慕、二人のお嬢様に向ける父親としての思いが愛情とともに綴られている。集中には、軍人でいらした父上への屈折した敬愛と、いつか歌集をと夢見ていた母上を折々に偲ぶ句が見られる。

きのふより雲の真白に秋立てり
吹き抜ける風コスモスの色攫ふ
秋風や忘るるためにに海見つめ
閉づるにはまだ日に力白木槿
旅の荷をひろげて昼のつづれさせ
靡くものなびきつかれて後の月

雲の真白に立秋を感じた日からの、風に敏い作者の心象の表白が並ぶ。秋風に押されるようにしてやって来た海。忘れたいこととは何であろうか。それは他人に話すことではなく、身の底を打ってくる波をひたすら見つめ、己に問うて解決してゆくばかり。旅から帰った句では、昼に鳴く虫の音に引き出された素心のやわらかなありようを描きだす。後句の「靡くもの」とは、秋の風に吹かれている生き物すべて。それらが十月の玲瓏とした月のもとにひれ伏しているという観照が見事。

木々枯れて沼の大きく残りけり

綿虫を払へば日暮すぐそこに

ペン先に音の生まるる雪の夜

雪の街古きふらんす映画観て

雪降れば雪の木となり暮れにけり

初冬の、万象枯れきわまった後に現われた沼の全容。すべてを取り払った後に見えてくる沼のにび色に玄冬の源を見ているようである。大枝に雪が数センチも積もった樹の様はまさに「雪の木」と言えよう。そして雪を載せたままに暮れてゆくという〈雪の一日〉の受容を詩心をもって巧まずに詠出した。

寛さんが口ずさむボブ・ディランの曲「風に吹かれて」の歌には、次のようなフレーズがある。

略

何度人は見上げねばならぬのか
ほんとの空が見えるまで

略

答えは　ただ　風に吹かれて
風に吹かれているだけ

部分的な引用で歌の全容を伝え得ていない憾みは大きいが、寛さんにとって言語表現の一試みとして始めた俳句は果てがなく、ディランの歌を借りて言えば、〈ほんとの空を知るために、どれほど多くの俳句を作らねばならぬのか〉という問いに行き着くことになるであろう。同じ道を行くものとして、句集『風に吹かれて』の上梓を喜び、心からの拍手を送りたい。

平成二十七年卯月

あとがき

　退職を機にこれまでの句を季別に纏めたく思い、句集の上梓を思いたった。

　もとよりこの句集は、世に問うようなものではない。私の作句の基本は「写生」であり、「客観写生は客観を描写するから尊いのではない、客観写生によってその人を写すがために尊いのである」という虚子の言葉に大きく首肯するものであり、また、「自然を描きながら、心を描く」という深見けん二さんの言葉を作句信条としている。しかし、この句集がどれだけそれを実践しえているかは甚だ心もとない。句集を読んでいただいた方々のご判断に委ねたい。

句集の表題は、学生時代よく聴いたボブ・ディランの「風に吹かれて」を拝借した。学生時代も、退職した今も、ただ風に吹かれて立っている様は変わらないようだ。その風は、春は優しく、夏は我儘で、秋はつれなく、冬は厳しい。そんな風と共に、これからも自分の立ち位置を確かめながら生きていくのだろうと思う。

「丹」創刊と共に同人として参加したが、一時退会し、また戻ってきた私を代表の清水道子さんは、しずかに見守ってくださった。その清水さんに、この句集を上梓するにあたって、こころよく選句並びに跋文を賜ったことは、感謝に絶えない。更に、この句集を丹叢書に加えていただいたことは望外の倖せである。出版に際しては、「文學の森」の皆様にお世話になった。記して謝意を表したい。

この句集が、お読みいただいた方々のポケットにしまわれ、散歩の道連れとなってくれればこれ以上の喜びはない。

平成二十七年四月

柳田　寛

著者略歴

柳田　寛（やなぎだ・かん）

昭和26年　北海道生まれ
昭和44年　北海道大学文類入学
昭和48年～51年　滞欧
（ストックホルム・ディジョン・パリ）
昭和52年　北海道大学文学部言語学科卒業
昭和57年　早稲田大学大学院フランス文学専攻
修士課程修了
昭和57年　道都大学勤務
平成５年　東日本学園大学（現北海道医療大学）勤務
平成10年　「丹」創刊同人
平成17年　「朝」入会
平成25年　「朝」退会
平成27年　北海道医療大学退職
現　　在　「丹」同人

現住所　〒002-8071
札幌市北区あいの里１条６丁目2-1-504

文學の森文庫
句集　風に吹かれて

丹叢書
発　行　平成二十七年五月一日
著　者　柳田　寛
発行者　大山基利
発行所　株式会社　文學の森
〒一六九-〇〇七五
東京都新宿区高田馬場二-一-二　田島ビル八階
tel 03-5292-9188 fax 03-5292-9199
e-mail　mori@bungak.com
ホームページ　http://www.bungak.com
印刷・製本　竹田　登

ISBN978-4-86438-427-8　C0192